나는 나를 사랑해서 나를 혐오하고

서효인 시집

문학동네시인선 171 서효인

나는 나를 사랑해서 나를 혐오하고

시인의 말

좋은 집에 살고 싶고 그 집의 가격이 오르길 바라는 사람의 마음은 어쩔 수 없는 것이라고 저녁을 먹으며 평소 친애하는 시인에게 가르치듯 말했다. 그날 밤부터 지금까지 후회한다. 요즘 하는 말이 대체로 그런 식이다. 함부로 말하고 깊이 후회한다. 시를 후회하는 용도로 쓰고 있는 게 아닌가 걱정이다. 현실에 이토록이나 완벽하게 투항했는데, 무릎 꿇고 빌고 있는 주제에, 도가니와 손모가지의 멋진 각도를 계산하는 것이다. 좋은 집에 살고 싶고 그 집의 가격이 오르면 좋겠다는 사람의 마음은 사실 내 것이다. 이제는 하다하다 시를 고백하는 용도로 쓰려고 하는가? 그럴지도 모른다. 아마도 그러할 것이다. 지껄이고 후회하고 고백하고 지껄이고 후회하고 고백하는 삶에 시가 끼어들어 자꾸 묻는다. 너 지금 뭐하느냐고. 너 지금 그렇게 사는 게 맞느냐고. 대답할 수 없어 썼다. 실패하는 마음의 한가운데에서 스스로 만든 지옥에 중독된 채로.

2022년 6월
서효인

차례

2**부** 질투는 로맨스 같은 구석이 있다

1부

나를 닮은 것들은 나를 닮아 슬프다

서른 몇번째 아이스크림

우리는
아직 아버지는 아니고
어머니는 더더욱 아니고
할머니가 돌아가시기에 적당할 나이
책상 위에 놓인 청첩장의 디자인을
살펴볼 나이 예쁘고 작은 종이에서 단서를 찾아
남의 삶 전반을 추리하는 나이 그럼 그렇지 그렇다면
대봉하는 나이
나는 오늘 저녁 좋은 아빠의
상징인 배스킨라빈스에 갔다
단단하게 얼어버린 설탕덩이를 뜨는 아르바이트 학생의 손목을 애처롭게 여기는 나이이지만 카드를 내밀기 전 얼음처럼 차가워지는 나이이며 포인트 적립과 사은품을 챙기며 드라이아이스가 되는 나이이다
초콜릿과 녹차가
섞이고 가운데는 단단한데
한갓진 데는 녹기 시작한 나이가 됐다 이렇게
얼마나 더 살아야 하나 20년 지나 30년
나는 은행과 약속을 했다 죽지
않기로 성실히 살기로 이 약속은 녹지
않는다 동료의 조모상을 알리는 문자가
온다 우리 할머니가 몇 살이더라
남의 삶 전반이 가늠되지 않는

나이 우리는
단것을 먹으면 혀가 간지럽고
쓴 것을 먹으며 혀를 긁는다
건강을 위해 이렇게
내가 좋은 아빠다 죽지 않는 아빠다
노인의 빈소
모락거리는 연기
아이스크림이 녹고 있다
드라이아이스는 제 할일을 다하고
30년의 장례를 준비한다
삼가,
열심히 녹으면서

버건디

나를 닮은 것이 태어나는 날에 나는
그녀의 머리맡에 있었다 포도껍질처럼
쭈그러진 모습으로 벌레가
꼬이듯 지은 죄들이 떠올라 무서워 허공을
휘저어보았다
휘휘
날아가는 피냄새
용서받지 못할 것이다
게으른 자여
이미 가진 자여 저지른
자여 휘젓던 손으로 뺨을 때린다 내 뺨을
나를 닮은 것들은 나를 닮아 슬프다
그것을 피라고도 하던데 가해자가
된 것이다 피라는 죄목의 가해자가
뺨 때리던 손은 벌레를 쫓기 몇 달 전에
마스터베이션도 하던 손
기도를 하던 손
누굴 때리던 손
휘휘 피가
쏟아졌다
포도의 껍질을 벗겨
나를 닮은 것에게
건넨다 입 주위가

붉다 용서를 빌며 싹싹
물티슈로
손을 모아 닦는다
죄를

고등학교 동창들을 서울에서 만나면

아마도 집이나 직장에서는 그러하지 않겠지만
우리는 강남 한복판에서 고래고래 사투리를 썼지
조금은 불편해지려고 했다 사투리로
자의식을 확인하는 자들이여 절대로 잊지 못하는
사투리여 왕따의 기억처럼 죽이고 죽여도
되살아나는 빌어먹을 사투리여
염병할 뉘앙스여 괘씸한 톤이여 공동체여
너나없이 쓸데없이 맥락 없이 욕을 뱉고 술잔은
이리저리 세상 바쁘고 이것이 몇 년 만일까
아마도 집이나 직장에서는 그러했겠지 예전에
착한 학생이었고 놀 때는 놀았고 의리도 있었지만
지금은 강남대로에서 택시 하나 못 잡는다
이왕 모였으니 좋은 데를 갈까 하는 녀석은 여기에도 있고
미안하지만 부끄럽다 죄송하지만 기억이 안 나요 반말이
어색해요 하지만 사투리는 편하지 감각에 우정을 맡기고
기억을 추렴해보지만 사투리만 기억난다
너희 얼굴은 이름은 번호는 성적은
몇 년 만이냐 이러한 폭력은
없었다 다들 성공해서 서울이나 서울
가까운 곳에서 배우자와 자식과 먹고살고
있구나 명함을 나누자 인맥이 생기며 근거가 생기고
공동체도 생기고 자의식도 생기고 사투리가 없어진다
병원에 있는 친구여 연락을 하겠다

법원에 있는 친구여 연락을 하겠다
전화기를 붙잡고 사투리로 내가 그때
부끄러웠다
용서해달라
하는 친구는 없었고
숨가쁜 우정의 무대 위로 꺼냈던 반지갑들이
바짝 접히고 있었다

김치 담그는 노인

언제고 저 노인도 죽고
말겠지 그런 생각을 하면 하나도 안 슬프다
장례 절차며 소식을 들은 다른 노인이며
남보다 못한 친지들이
생각나고 지지난 가을께에 아니 그보다 오래전
아무도 없는 집에 굴 들어간 김장김치를 보낸
노인에게
화를 냈었다 다니는 회사 앞 사거리 굴다리에서
전화통을 붙잡고 그러지 좀
말라고 화를 냈었다 노인에게
노인은 알았다고
그런 생각은 하나도 안 슬프다
친지들은 말했다 손이 빠른 여자라고
노인은 노인이 될 때까지 혹은
죽을 때까지 손이 빠른 채로
가을이다
이윽고 겨울이 올 것이라는
생각을 하면 미칠 것만 같다고
나랑 같은 성씨의 인간들의 김치 씹는 턱을 생각하면
화가 머리끝까지 치민다고
노인에게
말해봐야 소용없다 노인은 언제 죽어도
이상하지 않겠지 죽음으로 쌓아올린 굴껍질 같은

노인의 시아버지와 남편의 묘가
나란히 붙어 손자를 기다린다 그런 생각을 하면
미쳐 돌아버릴 것 같고 꼭지가 열리고
그때 그 김치는 냉장고 구석에서 쉬다못해
유기된 시신처럼 썩고 있다 나는
오른뺨과 왼뺨을 번갈아 내민다 손이 빠른
노인에게
언제든 이러다 나도 죽고
말겠지 손 빠른 노인보다 빠르게 죽는다면
그건 슬플 것이다
친지들이 불쌍한 우리 할매를
업고 다닐 것이다

7년 동안

7년 만에 공무원 시험에
합격하여 섬마을에 근무하게 된 친구의
걱정을
오랜만에 하였다 우리는
7년 가까이 한 친구
걱정을
오랜만에 하면서
공무원 학원이며 학원 교재며 행정학 강사며
엉성한 스터디며 실패한 연애며 아는 대로 주섬주섬
답안지에 썼으며 불합격
통지서라는 것 대신 사표를 넣고
다닐 안주머니가 없는데 답안지를 6년째
밀려 썼다던 녀석의 운이 이제야 트였나
친구는 전라도 먼 섬에 있다고 한다
7년과 잘 어울리는
섬이다 7분만 있어도 돌아버릴 것 같은
섬이다 사방이 트인 바다를
안다 옥수역 환승 통로에 서
있다 7분이 7년 같았고 그새 살이
찌고 모발이 가늘어지고 발뒤꿈치에 각질이 생긴
친구와 악수하며 오랜만에 섬 소식 듣는데
급행열차는 7분 후에 떠나는데 걱정은
7년도 모자라고 섬 걱정은 이제 시작이고

발밑이 단단한지 뛰어본다 환승 통로는 부르르 떤다
전철이 들어오고 나는 이제 뛰어야 할 판인데
섬에서 친구는 자전거를 탄다고
한다 오랜만에 돌리는 페달, 나는
저것을 타야 하는데 친구가 자전거
안장에 한쪽 다리를 걸치고 앉아 답안지를
내민다 7년 만에 만난 이 친구의 이름은?
흑산도 홍도 비금도 같은 거 쓰는데 불합격
통지서를 안주머니에 넣어주며
점점 더 멀어져가네
급행열차 떠나가네
옥수역으로 다가오는 그다음 열차의 내장에서
해안선 복잡한 섬들이 두꺼운 옷을 부딪치며
7년째 오고 있다

휴가지에서의 아버지

저 불쌍한 아비를 꼭 죽여야만 합니까?
대답하는 자는 없고 그는
자신이 아비인지도 모른다
자신의 죄를 모르는 죄인처럼
아버지 돌아가셨다는
허위 보고 하고 받은 특별 휴가의 아침
병장 계급장이 있으니 거짓말에도
에너지가 네 칸 꽉 찬다
뭐? 아비를 죽이려는 아들
그런 지겹고 유치한 이야기냐고?
아니다 아버지가 뭐 그리 대단한 것이라고
죽이고 말고 할 것이 없다
지난달에는 제주도로 여름휴가를 갔다
나는 화들짝 놀라고 말았는데 내가
아비가 되어 있는 것이었다
고기국숫집에서 꿍얼꿍얼대는 딸에게
화는 나는데 화를 못 내고
끙끙 앓았다 괜히
음식을 많이 시키고 많이
먹지 않는다고 화를
내고 괜히 애월 바다에
가서 물을 겁낸다고 혀를
차고 괜히 중문 어디 호텔을

잡고 어서 잠들라 재촉한다
4인 가구의 가장 계급장에는
괜한 에너지가 있고 그때
아비를 제대로 처리했어야
했는데 죄를 모르는 죄인처럼
아이들은 손을 빨며 잠들었다
저 불쌍한 아이들은 어떻게 살아야 합니까?
뭐? 나는 못 들은 척
되묻는다

수도권은 돌풍주의보

비행기는 병 걸린 개처럼 몸을 떨고
어른들은 지난 죄를 건져올리며 호들갑
아이들은 제 마음대로 놀이공원
어머니가 애지중지하던 개의 이름이
뭐더라 한때는 우리도 애틋했는데
유원지에서 개를 더운 차에 가둬두고
생각해보니 녀석은 심장사상충이었던 것
같다 어버버 떠는 녀석을 두고 놀이공원에서
구식 바이킹을 탔다 공중에서
무서워 벌벌 떨었다 중력은 죄를
사할 마음이 없어 무엇이든 끌어당길
것이다 기억까지도 망각까지도 밑으로 땅으로 죽을
때까지 곤두박질치며 다시 죽기
전에 솟구치며 제주에서 눈 붙인 데 가까이 해군기지가
있는데, 반대 운동이 한창일 때 뭐더라,
필요 이상으로 온건한 데모였음에도 나는
빠졌다 제주 면세점에서 감귤 초콜릿을
샀다 개는 초콜릿을 먹으면 안 되는데
샀다 비행기는 여전히 고개를 젓고 아이들은
공포와 재미 사이에서 자유롭다 중력은
아이들을 자라게 하고 끌어당기고 내팽개치고 그때
김포에서 만나 조금 걸으면 됐는데 중력 때문에 허리가
아프다고 빠졌다 비행기가 착륙하면 아이에게

초콜릿을 주기로 약속했다 어머니가
키우던 개의 이름은 모르겠고 비행기는
이제야 안정적인데 아이가
경련을 일으키고 어버버 떤다
여기 승객 중에 의사가 있나요
여기 승객분 중에 의사가 있습니까
개는 반 뼘 열린 차창에 코를 박고 눈을 뒤집은 채
낑낑 숨을 골랐지만 우리는 해가 저물고야
바이킹에서 내렸다 중력이 묻는다
그 개의 이름은 너의 이름은 너의 병명은 가족관계는 끌어안은 아이의 이름은 그때 너의 행방은 그때 너의 생각은 지금 이 바람은 이 바람 속에서 너는 의사는
대답하는 사람 하나가 돌풍 속으로
낙하한다

함박

이런저런 고기를 뭉친 고기
먹는다 광활한 대지에 선을
긋고 차를 세웠다
고기를 뭉친 고기야
고기라 할 수도 없을 것이고
고기를 좋아하는 사람들의 아이들이
여기저기 뭉쳐 운다
짜고 맵고 퍽퍽한 것들이 뭉쳐서
아이의 광활한 속에 넣어지지 않고
함박 운다
후추처럼 소금처럼 마늘처럼
운다 함박
울지 말렴 소리 지르지 말렴 식기를 던지지 말렴
아이의 입은 더 크게 벌어지고 선이 지워지고
뭉친 울음소리들이 벽을 타고 올라 천장이 새까매
짜디짠 소스가 되어 뚝뚝 떨어지네
바닥에 떨어지네
허리를 숙여 닦네
계산을 하며 우네
주차된 차를 찾을 수 없고
영수증은 물에 젖었고
고기에서 번지는 아기 냄새
뭉쳐진 사람들이

마트의 코너와 코너 사이에 함박눈처럼
쌓여 구르네
미리 당겨온 다음 생애의 내 살점을 뜯어먹으며

마라

단체 관광객이 되어 찾은 도시에서는
앞사람을 따라 걷는다
옆사람을 따라 먹는다
뒷사람이 따라 말하길
불평불만의 근원은 뒤에 있다
우리가 걸어온 뒤안길
쓰레기가 쌓였고
이것이 이곳의 문화
쓰레기를 치우며 뒤를 따라 걷는 현지인들
골프채를 기다리는 남자들은 곧이어 현지의
여자를 살 것이라
한다 단체 관광객이 되어 찾아온 도시니까
현지의 문화를 체험하기 위해 매운 음식을 먹는 것처럼
지옥처럼 탕은 끓기
시작하고 앞사람도
옆사람도 뒷사람도
바지를 내린다
어, 여기에 들어가는 건가요
아, 이것을 삼키는 건가요
우리가 체험하는 우리의 뒤안길
몸을 빼는 일행에 대해 속닥거리고
일정의 무리함에 대해 쑥덕거릴 때
뒤에서 들리는 현지어

무슨 말인지 모르는 채로
매운 음식을 너무 많이 먹었다
곧이어 남자들에게
체험하지 마라
관광하지 마라
사지 마라 하지 마라
골프채를 휘두르는데
탕이 끓는다 지옥에 중독된 자들이 뒤부터 몸을 비틀고
벌게진 뒷모습으로 사람이 없는 화장실을 찾는다
누구라도 따라가야 하는데,

붕어찜

잘하는 데가 있다며 붕어찜집으로 데려갔다
비려요 이런 것은
비립니다 말을 못하고
뼈째 붕어 먹는다 말을 못하고
붕어 먹는다 그때부터 뻐끔뻐끔 입술 오므리며
살기 위하여 붕어 먹는다 살이 좋다며
무엇이 비리냐고 물으며 그는 젊을 적 이야기며
낚시터에서 이야기며 탕비실 이야기며
했던 이야기며 안 했던 이야기며
붉어진 입술로 한다 붕어가 괜히
붕어가 아니지
붕어찜집에서 비린 것을 입에 욱여넣고
민물고기가 싫다 나는
민물고기가 싫고 네가 싫고
붕어 같은 것은 먹기 싫고
가시 바르는 것도 싫고 가시를 먹기는 더
싫다는 말을 못한다 붕어가 괜히
붕어가 아닌 것이다
목에 가시가 끼인 것 같은데
그런 것은 흰 쌀밥을 그득 삼키면
같이 내려갈 것이라고 말하는 붕어가 있고
아니 붕어가 말을 하다니
이것은 비립니다

이것을 먹으라 강요하지 마세요
이것을 먹지 못하는 네가 문제라 하지 마세요
좀 하지 마 이 새끼야,
아니 민물고기가 말을
하다니
붕어가 괜히 붕어가
아니지
가시가 단단하고 껍질은 비려서
없지 한국인의 밥심을 다 동원해
씩씩하게 우물거리고 있었다

닭의 갈비

죽은 닭처럼 쓸쓸한
송별회였다
우리는 퇴사하는 사람이 누군지도 잘
모르고 닭에게
불만이다 뒤적거리며 뒤척이며
계륵이라는 말이 이래서 생긴 거야
오늘도 가르침을 주시는 분
여기는 사실 갈빗살이 아닌 거야
오늘도 말씀이
모가지처럼 기신 분
죽은 닭은 아주 오래전에
죽었고
한참을 뒈진 채로 얼어 있었고
우리는 입만 살아 먹고 말하지
그동안 수고하셨습니다.
그간 고생 많았습니다.
닭의 살갗 같은 냅킨으로 입술을 닦고
앉은자리를 털며 푸드득 서두른다
죽을 줄도 모르고
죽으러 가고
죽은 줄도 모르고
죽어서 가고
말씀이 기신 분이 가르침을 멈추고 놀라 묻기를

여기 웬 닭대가리가 있어
우리는 놀라 벌떡 일어나 모가지를 비튼다
먹다 남은 닭의 순살조각들이
사방으로 튀어오르며 추는 삼바
안녕, 뼈가 없는 친구들아,
안녕, 살이 없는 친구들아,
안녕, 쓸쓸한 동료들아,
갈비를 떼어서 안녕
죽은 닭들의
송별회에서

소의 살

채식주의자와
합석하여 소를 구웠다
묻지도 않았는데 먼저 말하더군 그래서
안 들은 걸로 하는 귀
핏물을 머금은 살을 내밀고 자, 지금이야 권하며
닫힌 귀를 본다 소고기를 먹지 않는 귀라니
믿을 수 없어 꼬집어본다 소고기를 먹는 것이
꿈은 아니겠지 빨간 고기를 자주 먹으면
사람이 맹렬해진다 고기라는 게 그래
이 부드럽고 선량한 살을 가진
소에게도 사나운 성격이 있다
숯처럼 달아오른 네 표정
안 본 걸로 하는 눈
살칫살 갈빗살 치맛살
허리며 등이며 손을 대며
짐짓 가르친다 큰아버지가 정형을
했는데 아버지라는 게 그래 맹렬한 믿음 사나운 확신
몸에 좋다는 것을 먹으며 최대한 오래 살았다
채식주의자의 앞접시로 기름진 안개가 손을 뻗는다
안 먹은 걸로 하는 입
주문한다 무엇이든 자, 지금부터 다시
얼룩배기 소처럼 선량하게 너에게
몸에 좋은 것을 권유할 뿐인데

맹목적이며 착한 믿음과 확신이
축사를 사납게 채우고
큰아버지는 당뇨와 심장병을 오래 앓았다
상추를 든 채식주의자를 쳐다보며
국에 뜬 선지의 등에
젓가락을 꽂는다

걱정스러운 개소리

보신탕을 강권하며
시국을 걱정했지만 나는 실로
건강이 걱정이었다 이마의 땀이
탕으로 낙하했다 벽에 매달린 선풍기가
왈왈 짖는다 시끄러울까 걱정이었다
개를 때리던 마당이 있었고
어른들은 땀을 흘리고 있었다 걱정하는 마음에
나도 어른이 되었다 그때도 어른이었다
왜 굳이 개를 먹나요, 묻지 못하고 어른이니까
묵묵히 고개를 박고 이미 식은 탕에 후우
입김 분다 뜨거울까 걱정이다 오늘도
키우던 개를 먹듯 산다
배신하고 울며 걱정하며 잊으며 그들은
며칠 전 수면내시경 검사를 받았다는
공통점이 있다 속에서 꼬리가 짧은 개들이
한꺼번에 소리를 내었다 그들은 헛소리를 했다
걱정스럽기 때문이다 개소리를 할까
잠꼬대를 하면 키우다 먹어버린 것들이
앞발을 들고 바보처럼 벌러덩
배를 보이며 천치처럼 그러나
나는 너를 먹을 것이고
그것이 여기의 방식이다
세상이 걱정스럽다 이를 쑤시며 쩝쩝

사람의 소리를 낸다
차라리 어딘가 아프고 싶다만
몸은 눈치 없이 건강하다
날마다 키우던 강아지의 눈빛이 생각난다
그것을 먹는 심정으로 하루를 나는데,
남아 있는 삶이 한참이라
짖는다 누가 몽둥이를 들고
다가온다, 걱정되어 짖는데
한 그릇 더 먹으라는

이물스러운 입맛

오랜만에 만난 우리는
이국의 음식을 주문하는데
숲에서 본 것만 같은
손등이 검은 사람
손바닥이 하얀 사람
못 알아듣는 사람
우리말에 어두운 사람
키와 얼굴이 작은 사람이
수차례 묻는다
푸팟퐁커리 하나 분짜 하나 팟타이 하나
맞아요?
더워요? 답답해요? 짜증나요? 화나요?
자유롭나요? 그래서 즐겁나요? 아니면
불쾌한가요? 미안한가요?
맞나요?
네?
우리는 알아듣질 못해
이해가 안 돼 우리는
돈을 내는데 우리는
일찍이 이국의 숲을 불태우고 우리는
어두운 사람을 조준 사격하고 우리는
강간하고 쑤시고 조지는데 이해가 안 돼 그가
용서를 구한다

괜찮다고 말하고 우리는
이국의 저녁식사 앞에서
리버럴한 감정으로
내국의 날씨를 이해해
이 집 괜찮은 거 같아
손등이 검어 이물스러운
서비스만 빼면
네?

허벅지 위로

허벅지에 힘을 주는 것은
다리가 벌어지는 걸 막기 위함이다
다리를 벌리지 않는 것은
위대한 현대인이기 때문이다 옆 사람을
배려하기 때문이다 현대는 옆을
돌아봐야 하는 세계이고 옆에는
얼굴이 있다 아는 얼굴인 것 같은데
전혀 모르겠다는 표정을 폰에 박아두고
허벅지에 힘을 준다 다리를 꼬고 싶지만
참아본다 다리를 꼬지 않는 것은
허리가 틀어지는 걸 막기 위함이다
허리를 보호하는 것은 지속되는
섹스와 노동을 위해서이고 애석하게도
현대인은 둘 다 잘 못하고 화를 내고
화를 내지 않기 위해 허벅지에
힘을 준다 허벅지 위에는
복사된 쪽지가 놓여 있다
다리를 저는 남자가 옆에서부터
손바닥에 있던 땀이 전달되어 진작
흐물거리는 종이를 회수하며 천천히
다가온다 허벅지에 힘을 준다
쪽지가 떨어지지 않도록
허벅지에

그러나 나는 현대인이기 전에
한 남자
쪽지가 떨어지는 쪽을 택할 참이다

육교에서의 친구들

낡은 육교를 지날 때 둘은 손가락을 걸쳤다가
층계의 마지막 칸에 와서야 깍지를 끼었다
그리고 다시 지상이었다 눈이 오네,
눈을 보며 우린
모두 친구였는데 지금은
페이스북 친구다 눈이 오면 눈이 온다고
사진을 찍어 남긴다 눈 오는 날 먹기 좋은 메뉴를 파는 식당의 위치가 핀 고정 되어 있고 너는 고향에 그대로고
나로서는 다행이다 우리는
입시를 치르며 싸락눈처럼 뿔뿔이 흩어졌지
서로를 첫사랑이라 착각하거나
초콜릿을 나눠 먹거나 했지만
무엇 하나 남기질 못했지
사진 한 장
태그 한 개
없지
눈이 왔었는데, 그날의 눈발이 같은 기억인지 다른 기억인지 육교인지 지하상가인지 알 도리가
그중 내가 착각했던 친구는 페북도 하질 않아
도통 소식을 알 수가 없고 조금은 섭섭해서
양손을 모아 깍지를 낀다
사진을 찍거나 핸드폰을 만질 손이 없어지고
그을리는 기억

낡은 육교 아래를 전철은 흘러간다
마지막 역에 와서야 깍지를 풀었다
그리고 다시 지상이었다 날이 좋네,
매 순간 최선을 다하지 못해
다행스러웠다
아무것도 연결되어 있지 않아서
아무것도 기억하지 않아서
아무것도 보여주지 않아도 되어서
눈을 보며 우린
모두 친구였지만

딸바보

동창은 가끔 딸 사진을 인스타그램에 올리며
딸을 키우는 행위의 신성함을 과시한다
딸이라서 밥 먹을 때 동영상을 보여주지 않는다
딸이라서 달고 신 캐러멜을 먹이지 않는다
딸이라서 인스턴트 짜장라면을 끓여주지 않는다
딸이라서 탄산음료는 절대로 주지 않는다
나는 기도하는 마음으로 빨간색 하트를 눌렀다
친구가 오래 살길 바라는 마음으로
오래 살다보면 딸이 별의별 일을 다 겪게 되는 꼴을
보게 될 것이고 그렇게 믿음의 헛됨을 알게 된 뒤
신앙의 지속을 결정하는 인간의 치졸한 자유의지를
동창 놈이 경험했으면 좋겠다 딸의 이름을 세 번 부르며
이건 아니야, 이건 아니야, 이건……
부정할 용기가 있으면
좋겠다 나 또한 딸이라면
지지 않지
사탄만큼 성실하지
나는 다른 방식의 신성함에 도취되어 있다
예쁘리라
착하리라
귀여우리라
이런 말을 아무렇지도 않게 킁킁거리며 입에 올리며
입맛을 다시며 허기와 충만을 동시에 느끼며

지난주 일요일은 핑크퐁을 보면서 시원한 사이다에 짜파게티를 먹이고 후식은

마이쮸

예쁘고 귀엽고 착하니까 모든 게

허용된다 우리는

선교원에서 목회자를 교육하거나 우리는

목장에서 양떼를 도축하거나 우리는

아빠라는 이름의 독단적 죄와 벌을 바보라는 치명적인 방어술로 요리조리 피하는 세상의 아들들이다 늠름하고 신실하여

무엇이든 세 번 반복하려는데,

딸들이 귀를 막고 저만치 달아나

손을 모아 구토한다

웩 웩 우웩

두 번 자는 인간들

처가에 챙겨간 가방에 칫솔이 없다
그는 추잡스러운 인간이 되어
낮잠을 잔다 서서방, 들어가 자게, 라고 장모님이
말했기 때문, 그는 추잡스러운 인간이기에
자라 한다고 잔다 꿈에서 그처럼
자라 한다고 자는 사람을 만났는데
아마도 장인어른인 것 같다 그렇지 오늘은
제삿날이니까, 어린 애인이 많이 훌쩍거리던 날이니까
그때 당신 딸이 참 많이 웁디다, 그는 깐족댔다
냄새가 나는 걸까, 장인이 코를 훌쩍이고
이것은 아내의 습관인데, 하필 비염을 다 닮아서는
제게도 닮은 딸이 있습니다만
당신께 손주가 되는 셈입니다만
저 또한 딸보다 일찍 죽겠지요
둘은 입을 다문다
좀더 살라고 하여 제대로 사는 인간은 없다 대신
좀더 자라고 하여 자는 인간은 부스스 깨어나
머리털이 짓뭉개진 칫솔을 하나 찾아
이를 닦는다 여태
장인의 칫솔이 있다니 그는
추잡스러운 놈이 되어 최대한
길게 살 궁리에 골몰한 채
두 번 절한다

칫솔처럼 해진 뒤통수가 드러날 것이고
사내와 그의 장인은 살아 있는 한
두 번 다시 만날 일이 없기를 기원하면서 맞절하면서 향처럼 안 보이는 낮잠의 권위를 이어받으면서 방구석에 앉아 젯밥보다 더 오래된 냄새를 풍기면서,

눈알에 지진

사람의 주소를 들으면
주소지의 시세가 떠올라
사람의 재산 정도가 계산되는
사람이 되고부터
사람의 눈을 쳐다볼 수 없는 관계로
땅 보고 다닌다, 땅에는 거짓이 없지
미래가 있다 거짓이 아닌
예측 거짓이 아닌
가치 거짓이 아닌
성공 거짓이 아닌
사랑 저는 지금 광고를 하는 것이
아닙니다 눈을 마주치지 못하는 이유를 설명하는
것입니다 그것은 사랑 때문이고 사랑 때문이라면
나도 할말이 있다 나는 그것을 가진 적이 없다
우리의 주소를 말하면
우리 사는 곳의 시세가 떠올라
우리의 사는 정도가 계산되는
우리의 이웃을 사랑한다 발밑을 보며
물론 발밑에는 땅이 있지 내 것이 아닌 사랑아
소유할 수 없는
미래와 가치와 성공과
거짓말
저는 지금 광고를 보고 있습니다

그가 제 눈을 똑바로 보며 묻습니다, 거짓말로 들리느냐고
막다른 골목에 다다른 미래가
새로운 주소를 만들고
그런 사람이 되고부터
눈을 마주칠 사람이 없어
눈알에
지진 난다
최소한의 땅이 격렬하게 흔들린다

교육관

주말 아침부터 구몬 선생님이 전화해
남의 교육관에 참견이다
국민교육헌장을 외는 것처럼
열심인 어머니 남의 어머니 헌신하는 어머니
저희는 생각이 없습니다, 하니 진짜
생각이 없는 사람으로 몰아가는 어머니
한글과 영어를 배우기에는 우리 아이는 아직
어리…… 말이 끊어진 자리에
순간
어머니가 절버덕 주저앉는다
우리 엄마가 보험을 했었다 보험을 파는
엄마에게 많은 사람들이
저희는 생각이 없습니다, 했다
기실 교육관이랄 것은 없고
주말 아침이면 짜파게티를 끓여줄 정도로
아무 생각이 없는 것이 뜨끔해서
엄마에게 전화를 건다 엄마
엄마는 대답이 없고 엄마, 엄마
어머니는 다시 몸을 곧추세워 열심이다
한글과 영어를 배우는 데에 아직이란 없다 아직
우리 엄마에게서 든 보험의 납기일이 아직
교육헌장 끄트머리 몇 문장이 아직
생각이 없어요 생각이 없고 아직

전화를 끊지 않은 우리 어머니, 엄마 아직도
생각이 난다 보드라운 슬픔이
학습지처럼 배달된다 해답을 보는
순간
엄마는 층계참에 주저앉아
소리 죽여 울고 있었지
아파트의 모든 벽에 소리가 부딪쳐 타올라
재가 되었다 나는 기침을 하였다 익은 면에 재를 뿌리며
오늘은 내가 요리사인데 어머니는
울고 우리 아이는 이제 곧
늦은 조기 교육을
시작하기로
아직

회사 언어

회사에서는 두 단어가 금지되었다

· 어차피
· 어쨌든

둘은 사이 나쁜 동기처럼 떨어지지 않고 붙어다니며 사용성을 디벨롭한다 어차피 마찬가지라면서 어쨌든 달라야 한다면서 와우 포인트를 찾는다 하지만 어차피 나는 오너가 아니고 만에 하나 오너가 이 이슈에 있어 자본주의와 권위주의에 절어 완전히 미쳐버린 인간이라 하더라도 어쨌든 사규 같은 것에 저런 금지어를 오피셜하게 새겨놓을 수는 없는 노릇이지만서도 니즈가 있다면 어차피 사규에 없다고 해서 사규가 아닌 것은 아니어서 어쨌든 사규에 없는 내용으로 직원을 징계하는 데에는 리스크가 따르고 어차피 정식 징계가 아니라 하더라도 사람을 말려 죽이는 방법은 어레인지할 수 있건만 어쨌든 생각은 했다는 것이니까 어차피 기후 위기 때문에 우리는 곧 멸망하여 지구에서 사라질 텐데 어쨌든 내일도 근태가 체크되지만 어차피 퇴근과 출근은 의좋은 형제처럼 붙어서 차례를 지키고 어쨌든 어차피란 말을 안 쓸 수는 없으며 어차피 어쨌든이란 말도 몇 번이나 이미 써서 나는 잘리려나 좌천당하려나 유 아 파이어려나 그냥 눈치 조금 보며 버티면 되나 말문이 막히는데 저 말을 쓰면 안 돼! 하는 순간 입안에 맴도는 이름이여, 심장박동에 달

라붙은 한 마리 애벌레여, 나의 무게추여, 나의 사랑이여 나는 금지를 금지한다 이런 금지를 관두련다 금지보다는 권장으로 새로운 비전을 공유하고 창의성을 발현하여 모두가 가족 같은 회사가 되자는 그리하여,

· 기어코
· 부득이

회사에서는 두 단어가 권장되었다.

가족력

분명히 위염일 뿐인데
뒤통수가 서늘하다 사실
위보다는 두피에 각질이 문제다
아파서 가슴팍을 손목으로 문지르며
뒤통수 머리칼 사이를 긁으며
위염이지 위에 염증이 생긴 게지
비듬이지 샴푸를 바꿔야지
물약을 까먹으며
알약을 씹으며
염증에게 빌어본다
심혈관 쪽 문제는 아니겠지요
그렇다면 저는 꼼짝없이 죽습니다
아니 죽을 겁니다 죽으면 아니 됩니다 사실
그보다는 두피에 각질과 각질이 만든 비듬이
문제다 검은 옷을 입으면 수시로 어깨를 털어야
하고 어깨를 털 때면 위염 같은 건 잠시 잊을 수
있다 끈질기고 악착같이 내려앉는 어깨 위의 역사
할아버지는 심근경색으로
갔다 그날까지도 머리숱은
많았다 글자를 몰라 유언장과
재산은 없었고 1남 1녀가
있었으되, 어쨌거나
반가운 일이다

통증이 번진다 허리가 곱는다
손목으로 심장 아래를 문지른다
머리칼을 쥔다
으슬으슬하더라니 싸락눈이 내리네, 늦여름인데
어쨌거나 반가운 일이라 나는 머리칼
성성한 할아버지와 손을
맞잡는다
늦여름에 심근경색으로 쓰러져 거의 곧바로 죽은,
피가 몸속의 역사를 찾아
맹렬히 흐르던 중에
간호사가 호명하자
손 모아 대답한다
내 차례인 것이었다

반으로

아버지 흉을 보면 절반 정도는
좀 괜찮은 게 된다
내 삶의 오 할은 요령이었다
알몸으로 태어나 반은 먹고 들어가는
것이다 아버지가 거실 소파에 앉아 유튜브를 종일
본다 정강이에 털이 많고 저것은
어디까지 연결되어 있을까 저것의 알고리즘은
어디까지 뻗쳐나갈 것인가 저것의 무제한 데이터는
반은 어디로 가버리고 반쯤은
허깨비가 되어
가라는 대로 오라는 대로
덜렁거리며 때로는
추상같은 그것을 반쯤
움켜쥐고 기도하는
것이다 알몸으로 태어났으니
이것이 나의 과반입니다
이것은 당신의 과반이
안 됩니다
유튜브에서 사람들이 사람 아닌 것처럼
악을 쓴다
쓰다 남은 절반을 찾으려
뒤를 흘끔거리면
내 몸에서 떨어진 털들이

육필처럼
뭘 하다가 멈추다가 하길
요령껏 반복하여
반이 또 반이 되고
그 반이 또
반이 되어
산산조각나는
아버지의 휴대전화
손에 쥘 물건이
내 몸의 절반이
박살났다

귀향 안 함

일전에 「귀향」이라는 시에 쓴
말이 늦게 트인 사촌동생은
목포 신시가지에서
아이스크림 전문점을 한다고 한다
딸아이 손을 잡고 파주 신도시
아이스크림 전문점에서
백석이 북간도에서 만난 의원이나 된다는 듯
짐짓 여유를 부리며 하드 이름을
하나씩 읊으며 이 오래된 하드를
아느냐 물으며 호탕하게 골라보라
반값에 파는 그것들을 무인 계산기에 올려놓고
마치 동생네 매출이나 올려준다는 듯
바밤바와 죠스바와 캔디바와 보석바 따위의 바코드를 찍는데
상가를 벗어나자마자 악귀 같은 더위가
하드를 대신 먹어치우고 딸아이와 나는
배탈처럼 아파트 단지 중앙에 남겨진바
아이는 아직도 말을 못하고 운다
난감해진 나는 친척들의 수를 세어본다
삼촌은 목포에서 사람 쓰는 노래방을 운영한다
사촌동생은 연변에서 온 애인과 살림을 합하였고
여태 식은 올리지 못했으나 말이 트이지 않은
아이가 있다 하였다 고향에 돌아가기 전에

지구는 아이스크림처럼 녹아
멸망하여도 좋을 것이지만
녹은 하드의 막대처럼 남은
아이를 안고 돌아간다
아이의 고향은
이곳일 터였다

2부
질투는 로맨스 같은 구석이 있다

북클럽에서의 만남

북클럽에서 처음 만난 사내는
본인의 대학 시절 이야기를 했다
넉넉하게 봐줘야 08학번 아니면 09학번
나이 대신에 학번을 대는 자는 무례하다
병신이나 암 걸리겠다 같은 말을 쓰는 자도 마찬가지
절대로 무례할 수 없는 북클럽에서 무리하게도
무례하고 싶어졌다 물의를 일으켜도 괜찮겠다
패고 싶었다 북클럽에서 처음 만난 사내를
사내는 대학에 딸린 기숙사에서 살았다
룸메이트 중 한 명이 장애인이라 말했다
그 장애인의 엄마가 이것저것 잘도 찾아 먹더라 하였다
그 장애인 때문에 대학 새내기 시절이 망했노라 했다
북클럽의 사람들은 복잡한 속내로 사내의 속을 셈했다
재가 나온 학교가 스카이였나, 인서울이던가 몇 학번이라고 했지
나는 몇 학번이더라 내가 어느 대학 무슨 과를 나왔지
친구는 기숙사에 살았고 다른 친구는 자취를 했지
참 가난하고 좋았지 참 겁 없는 녀석이었지
나는 마치 가솔린처럼 사내를 조지고 싶었는데
병신 같았고 암 걸리겠고 너 장애냐 이따위 말도
공정하게 쓰면서
하지만 북클럽에서 만난 우리는
옳은 사람 착한 사람 특히 정치적으로

우리 사회는 그래도 점점 좋아지지 않겠어요?
북클럽의 사내와 나는 동시에 고개를 끄덕인다
서로의 대학 시절 이야기를 나눈다
따먹고 버린 이야기, 따먹고 버렸다는 선배의 허풍을 입을 헤벌리고 들은 이야기, 이가 다 빠진 창녀가 묘사된 소설을 도서관에서 빌려 나달나달해질 때까지 읽은 이야기
생각보다 대화가 잘 통하는 사이였다
장애인의 룸메이트였던 사내와
북클럽에서 만났다

종각에서의 대치

택시는 나아가지 않았다
기사는 당장에라도 창을 열어 담배라도 태우고 싶었겠으나
아무데고 욕을 하는 것으로 승객에 대한 예를 표하였다
노조와 여성 단체와
기독교 신자와 노인과
난민을 죽이고 싶은 사람과
이 모든 것이 두려운 인간과
차가 막히는 것이 가장 공포인 기사와
그 기사가 하는 말이 무척 힘겨운 나와
사투가 벌어지는 종각에서
시작이 없으니 끝도 없는 길에서
종은 울리지 않고 휴게 시간도 없는
노동자가 핸들에서 두 손을 뗀 채
그중 노조를 싸잡아 비난한다 먹고살 만하니
나와 저러는 거 아니겠어요, 배때지가 불렀지 불러
주말마다 길이 아주 지랄이 나 지랄이 안 그래요?
가을볕에 날은 좋고 누구와도 싸우고 싶지
않다 배가 고프다 전철을 타지
않은 나의 판단과 게으름
탓이다 노조나 노인 때문이 아니다 심지어
시민 단체와 종교 집단 때문은
더더욱 아니다 하물며
누구는 양심이 없어 군대에 간답니까

저들의 양심만 양심입니까
이런 소리까지 들어야 한다 지금은 전쟁중이고
전철에서는 전철의 전쟁이 있을 것이기에 나는
후회하지 않으려 한다
노조와 시민 사회 단체와
노인과 노인의 동창과 카톡 친구들
종교 집단과 억울한 사람들 무시당하고는 못 사는
이 땅의 기운들 조선시대부터 이어져온
풍수지리학적 명당들
종로의 종과
양심들
문득
기사가 나를 무시하고 있다는 생각에
폰을 보고 있던 대가리를
들어

습지

생각한다 그만두고
싶다고 관두고
싶다고 때려치우고
싶다고 포기하고
싶다고 퇴근하고
싶다고 눕고
싶다고 소리지르고
싶다고 다리 떨고
싶다고 침 뱉고
싶다고 손가락질하고
싶다고 무모하고
싶다고 정신없고
싶다고 게으르고
싶다고 한숨 자고
싶다고 그러고 나서 진짜 그만하고
싶다고 믹스커피 마시고
싶다고 그러고
싶은데 그럼에도 그런가
싶은 것을 하나씩 셈하고 버티다보면 그랬나
싶은 시간이 굳은 듯 흐르나
싶어 고개를 숙여 사타구니 사이를 보면 어디로 흐를지 몰라 거기에 고인 물

명절의 질문

아이에게 너무나 많은 할아버지가 있다는 걸
아직 잘 설명할 수 없어서
어른이 덜됐다고 느낀다
어른이 뭔데?
아이는 악마처럼 입에서 불지옥을 뿜는다
할머니를 어머니로 두는 것이지
왜?
너 때문이지
왜?
지옥의 입구를
가래나 호미로 막고 싶다
가래와 호미의 생김새를 모르듯
네 할머니의 불행과 행복을 나는 모른다
한 번도 관심이 없었고
그걸 아이는 확인받으려 하는 것 같다
왜? 할아버지가 둘이야?
나는 입이 무거운 농사꾼이 되어
땅을 고른다 거기에
셀 수 없이 많은 마늘이 있었다
왜냐면
우리에게는 너무나 많은 할아버지가,

아빠들

이제 아이의 아빠가 된 처제의 남편에게
호주산 소고기를 사주었다
산후조리원 앞
프랜차이즈 식당
나는 그를 여태 무엇이라 불러야 할는지 모른다
전화번호도 없다 게으르다 무지몽매하고
남반구의 소가
우리 둘보단 쓸모 있을 것이다
프랜차이즈 식당이
우리 둘보단 유용할 것이다 둘은
소와 양처럼 어색해 고기를 많이 먹는다
처제는 며칠 한우 미역국을 많이 먹는다
그는 암소가 새끼를 낳는 장면을
이야기한다 하필 소를 먹으며
이런 점이 둘을 어색하게 한다 지나치게
시골에서 온 사람 시드니랑 안 어울리는 사람
그의 시골이 우리 처제를 끝내 괴롭힐 것 같다
나의 시골이 처제의 언니에게 그러고 있다
둘의 시골 북반구의 시골 소 키우는 시골
아빠가 되면 더 비굴해지고 더 약아빠지고 더
고기를 찾게 되고 더 악해질 것이다 짐짓
소를 사주는 사람으로서의
충고와 예언

화염과 분노
고기가 탄다 귀한 것이 탄다
이제 아이의 아빠가 된 처제의 남편에게서
계산서를 뺏고 어엿한 아저씨답게 계산대 앞에서 연극적으로 실랑이를 벌이고 먼나라에서 온 소를 그르륵 뱉어내고
프랜차이즈 식당에서 나와
산후조리원 면회실로 간다
나는 이걸 지금도 뭐라 불러야 할지 모르겠다
동서는 뒷머리를 긁적이며 소처럼 웃는다
투명한 유리벽 안에서 그를 닮은 송아지가
아비의 쓸모를 찾아
감긴 눈 안의 눈을 굴리고 있었다

부음 1

네 어머니의 부음에 어머니에게
안부 전화를 했다 우리는 한때
서로의 어머니를 어머니라 부르는 넉살이
있었는데 점심 저녁 얻어먹고
개수대에 밥그릇 담그는 게
장례식 좀 다녀본 중년 남성처럼
자연스러웠는데 어머니가 이제
안 계시는구나 없구나 엄마가 이제
어머니는 너의 이름을 기억하는데 너의
부채는 모르고 장례식에 중년 남성은
친구끼리 돈거래 하는 거 아니라고
했겠지만 너와 나는
했고 나는 돈 기억만

나는 게다가 네 어머니가 해준 소고기뭇국을 얼마나 먹었는지 너랑 농구 하러 가다가 같이 마셨던 이온음료의 맛이 어땠는지 네가 빌려준 16비트 게임팩을 내가 어떻게 망가뜨렸었는지 모르겠고 열무 잎사귀 먹는 식충이처럼 돈 생각만 나는 것이다 그때 그 돈이 내겐

큰돈이었던 어떤 돈
돈은 언제든 대단히 크지
돈은 언제 어디서든 빛나고
다른 식충이에게 못 간다고 소식 전한다
사실 안 가는 것인데

장례식 좀 다녀본 중년 남성이 되어
각종 부채와 이자를 셈하고
침 두 번 뱉는다
크고 빛나는 가래가
방바닥에 떨어진다
자세히 보려고 허리를 숙이고 무릎을 꿇고 바닥에 이마를 댄다
잘 안 보여 한번 더 한다
지금은 보지 말자
죽어서나
보자

부음 2

하필 주말이라니,
유난히 끈질긴 유전자들이 모여
서로의 닮은 점을
탓한다 예상과 회상이 교차하는
무릎이 좌식 테이블 아래에서 격렬하게
떤다 이 자리에 사랑하는 사람이
없다 이 자리에 모인 사람들을
사랑하던 날도
있었다 친족의 울음이 귀 뒤로
떨어진다 고모와 고모의 오라비와 고모의 아들과
고모 아들의 처와 그들의 아들과 아들의 고모
눈알이 돌아간다 눈알이 도니 눈이
충혈된다 하필 주말이라니
우리는 장례 음식들처럼
그게 그것인 양 닮았다
좌식 테이블 아래에서
닮은 냄새가 올라온다
싫은데 싫을 수 없는 이의 방귀가
이틀하고 절반 동안 간헐적으로 이어지고
울음이 아닌 겨우 그런 것에 마음이
동하고 말아 하필 주말이라니
이 자리에 사랑하는 사람이
없어도 사랑하던 날이

있던 적도 있어서 덜덜덜 몸을 떨며
울었다 닮은 것들의 몸을
통과한 악취가 제향을
대신하였다
월요일 새벽이었다
좀 씻어야겠다

부음 3

최후의 날
이라도 되는 것처럼 눈물을 감추고 하품을
삼키며 허기만 드러낸 채로 이야기는
시작되고 이야기는 모이지 않으며 하나같이
단독자고 이야기는 맵고 짜고 이야기는
완전식품이며 이야기는 하는 자와 듣는 자로
구성된다 세상에 끝이 오려는지 모두 하는 자가
되려 하고 이제 나의 이야기를 하겠다 이제 나의 이야기를
하겠다 이제 나의 이야기를 하겠다 다짐하다
국은 다 식었고 방금은 멀리 사는 친할머니에게서
전화가 왔다 이야기를 듣던 중에 나가서
미안합니다
송구합니다 죄송합니다 황망합니다
노인의 번호가 내 전화기에 뜰 때마다 최후
의 날을 생각해 그때도 이야기라는 게 있을까
노인은 말했다 고모는 살이 조금 빠졌고
노인정은 아직도 기름보일러를 쓴다고
그리고 어디 아픈 데는 없니
엉덩이 사이에 엉덩이를 밀어넣으며
어디까지 이야기하셨죠 어디까지 사셨죠
어디서 죽지요? 이 빌어먹을 이야기는 언제 끝나죠?
새 육개장이 나왔다 김이 오르고 세상
진지한 논의를 세상 허투루 피워올리며

난삽한 일회용품들아, 너저분한 테이블들아,
늦은 애정과 후회와 자존이 담긴 기나긴
이야기들을 받아내느라 골병이 든
죽음을 기억하렴, 최후에
너희의 고생은 아무도 기억 못할 것이며
이야깃거리도 아니고 국거리도 아니고 개장도 아니고
단독자가 아니며 맵지도 짜지도 않을 것이다
할머니의 안부가 무릎 아래서 덜덜 떤다
다시 엉덩이를 들어 그의 이야기를 이탈하기
두렵고 어려워 고사리처럼 자리에 꾹 눌러앉은
최후의 날

부음 4

그는 선택을 했다고 한다
지금쯤 전북 김제 어디에 있다는
그의 고향에 희미한 얼굴 몇몇
모여 있겠지만 나는 가지
않으려고 한다 나에게는 아이가 있고
자살의 기운은 피하고 싶다 나는
불안과 극단이 싫다 밀림과 정글도 싫지만 나는
주말의 장례식장도 평일의 결혼식도 모두 싫다 나는
전화를 받을 때에 불안이 없는 동요가
흐르고 있었고 동요의 세계에서는 상어도 악어도
토끼도 공룡도 자살하지 않는다
어제는 아이와 일산에 있는 아쿠아리움에 갔는데
물고기도 아닌 재규어가 볼 만했다
다섯 학번 위인 선배다 그는
선택을 했다고 한다 그는
죽었다고 한다 그는
작고 마른 사람이었는데
담배 냄새 묻은 자취방에
책을 쌓아놓고 요 며칠 무슨 책을 읽었는지
잘난 체 없이 말할 줄 아는 사람이었는데
밀림으로 치자면 그는
죽자사자 뛰어다녔겠지만 그래서 죽거나 살거나 했다면
좋았겠지만 재규어는 제자리를 빙글빙글 돌다가 지저분한

창에 머리를 퉁퉁 박다가 결국
미치는 것을 택한 것이다
미치지 않는 것을 택했다 나는
그의 불안과 극단과 기운과 동요를 모른다 나는
아이가 있고
그의 장지를 알리는 문자를 지워버렸다
집안을 장악한 상어 가족 노래를 들으며
아이 방에서 몰래 벽에
머리를 찧으며
이 불길함을 내쫓는 찰나
살아 있다는 자체가 미친 선택임을 확신하지만 나는
뚜루루뚜루,
아이가

다이 하드
—길 위에서 1

운전대를 잡을 때마다 죽음을 생각한다
이곳에서의 사고사야말로
최대한의 자연사일 테니까

내가 죽으면 보험회사 직원이 출동할 거고 어제 마신 술이 덜 깬 덤프트럭 운전자에게도 선량함이 깃들어 있을 테고 중학생 자녀라든가 갚아야 할 대출이라든가 하는 게 있을 테다

내가 죽으면 아내는 보험회사에 서류를 제출해야 할 것이며 운전을 더욱 무서워할 것이며 서류는 꼼꼼하게 잘 낼 것이다 갚아야 할 대출이라든가 하는 것은 여기에도 있을 테다

내가 죽으면 서울 서쪽 병원의 장례식장에 사람들이 모여 웃거나 울 것이다 아직 젊은 축이니 우는 사람이 더 많았으면 좋겠다 갈수록 울 일이 없으니 이를 기회 삼아야 할 테다

내가 죽으면 이런 방식의 자연사를 기리면 좋겠다 당일 아침도 그는 회사에 가기 싫어했으며 그 싫어함을 티내지 않기 위해 노력하는 아침이었다고 그것은 자연의 귀감이 될 테다

내가 죽으면 덤프트럭이 좌회전하기 전에 내가 스마트폰을 들어 트위터 타임라인을 보고 있었다는 사실은 비밀로 해주길 바란다 알 수 있는 사람도 없고 궁금해할 사람도 없을 테다

내가 죽으면 어린 딸들은 없는 아빠를 찾아 무척이나 울다가 그 울음이 몸에 스며들어 문득 부서질 듯 아프기도 하겠지만 세상에는 미안하지만 미안해할 수도 없는 일도 있을 테다

운전대를 잡을 때마다 미친놈처럼 운전하는
사람이 꼭 있어서 평소에 안 하던 욕을 자연스레 사고처럼
하게 된다 저 새끼가 뒈지려고 환장했나

졸음운전
—길 위에서 2

고향을 등진 자세는 몹시
편하다 멀어지면 멀어질수록
아늑해진다 몇 개의 휴게소에서
몇 번의 오줌을
누었다 고향의 태양을 향해
손을 씻는 사람 얼마
없다 내 손에는 항상 더러움이 묻어
있었고 그 손으로 얼굴을 비비고 핫식스를
깐다 태양이 손톱을 드러내고 뒤를
좇는다 고향을 등지고 운전대를 잡고서
눈이 부신 건지
눈이 감긴 건지
모른다 알고 싶지 않다 아는 게 싫다
어제는 고향에 해가 떴고
차례상을 앞에 두고
오줌을 누었지 시원했다
콸콸 쏟아지는 햇볕과 졸음
묏동을 옮기는 문제로 몇몇
피가 거꾸로 솟아난 모양이었다
고향은 자세한 건 말해주지
않는다 관습이나 습관을 사정이나 통정을
이 집안은 대대로 혈관질환을 물려받는 참이다 여기
고속국도처럼 이제 막

톨게이트가 보이고
반가운 타향을 향해 고향을 등진 자가
목례를 하는 순간이 있다
뭇동의 시체처럼
물어뜯은 손끝처럼
눈이 가늘어졌다가 감겼다가 가늘어졌다가
감겼다가 가늘어진다 모른다 알고 싶지
않다 아는 게
싫다
고향을 등졌기 때문이다
아까부터 피가 거꾸로 솟는다

추돌
—길 위에서 3

나는 이제 다 산 것 같다
클래식 FM보다는 시사 팟캐스트를 들으며
출근하는 게 편안한 걸 보니까 내일
죽어도 보험금은 나올 것 같다 나라
걱정에 골똘하다가, 끼어드는 차에 준엄하게 호통
칠 줄도 알고 쌍시옷 발음도 잘하고 아는
형에게 전화오면 형님이라고 너스레도 하는
누나는 별로 없고 뭐라 불러야 할지 애매하고 나는
이제 다 산 것 같지만 아마도 한참을 더
살겠지 징그럽게 살 것이다 집도 사고 살도
찌고 맛있는 것도 먹고 마, 다 할
것이다 설명할 게 떠오른다 깐풍기의 기는
닭, 냉면은 원래 겨울 음식, 홍어의 끝은
애, 먹태는 명태가 멍든…… 팟캐스트 진행자가
버럭 소리지른다 다 나라를 사랑하는 마음이겠지 멍든
사람이겠지 다른 사랑은 다음에 하면 되겠지 나는
한참 더 살 것 같다
지금 할 것과 다음에 할 것을 썩 잘 구분하고
중요한 것과 사소한 것을 꽤 잘 분류하며
깐풍기와 냉면과 홍어와 먹태도 안다
시사평론가와 전직 국회의원은 서로의 말을 사이좋게 가로채가며 어제의 사건을 설명하고 별것도 아닌 것들이 더럽게

시끄럽군
그건 다음에 하면 되고!
그건 별로 안 중요하고!
아는 형한테 전화온다
긴박한 전화 같다
앞차가 별안간 가깝다, 나는 지금 이제 한참
다 산

코어 근육

근육질의 사내가 전단을 손에 쥐고
있다 왼손으로는 뭉치를 오른손으로는 한 장을
며칠 전부터 나는 그의 몸을 질투하던
참이다 질투에는 약간의 상상력이 필요하기에 그의
몸을 떠올려보기도 하였다 옷에 가려진
몸의 핵심적인 근육들 근육을 지탱하는 그의
근력과 힘을 쓰는 순간의 표정과 그의 코어…… 같은 것을
떠올려보았다 짜릿하고 우울했다
근육질의 사내가 전단을 건넨다
어제도 안 받았고 오늘도 안 받을 것이지만
친구는 암이라고 한다 위암인지 폐암인지
직접 듣고 건너도 들었는데 그때마다 잊어버리는
몸의 부위 소고기 부위는 기가 막히게 기억하면서도
친구의 암은 잊어버리고 사내의 몸을 상상하고
친구의 고통은
친구의 몸피는
친구의 신장은……
아, 신장암이었구나
짜릿하고 우울하구나
우리가 암에 걸릴 수 있는 몸이 되었다는 게
몸이 방치됐다는 게 동그랗다는 게 질투가 난다는 게 그러나
사내에 대한 음습한 상상은 처벌될 일이 없다

암에 대한 예상도 마찬가지다 내 몸은 내가 잘 안다
사내가 전단을 내민다 나는 손바닥을 내보이며
거부의 의사를 밝힌다 나는 손가락 마디마디가 근육질이라오
키보드를 엄청나게 빨리 칠 수 있소
특히 중지에 코어 근육이 있단 말이오
건강을 챙길 시기가 되었다고 다들 말하지만
벌받을 일 없는 상상 속
헬스클럽에서 나는
언제나 진심이다 코어 근육을
움찔거리면서 친구의 몸에 생긴 검고 작고 포악한
세포들에게 가운뎃손가락을 힘차게 든다, 이십 세트 들고 삼십 초 쉬었다가 다시 든다 짜릿하고 우울한 손바닥에
전단이 놓여 있다
상상만 하던 사내의 반나체가 무거워서
조금 휘청거렸다

개에게 묻는다

여기쯤일까 근처일까 아닐까
하는 곳에 개를 묻었다
야트막한 둔덕 혹은 뒷산이었던 곳에
아파트가 들어서기 3년 전이었다
그로부터 20년이 지났다 개를 묻은 지
그때는 죽은 개를 어디에 묻는지를
알지 못했다 방문자가 부주의하게 열어놓은
작은 틈으로 개는 물음표처럼 사라졌다
거기가 삶의 틈바구니였다는 듯이
아파트가 들어설 곳 옆 동네에서
대로변에 붙은 집 바로 옆길에서
차에 치여 죽은 개를 안고
묻는다, 여기가 어디인지
그즈음인지 근처인지
그때 지어진 아파트는 17년이 되었고
값이 덜 오르거나 더 오르거나 하였다
아파트에 들어간
콘크리트며 철근이며 알루미늄이며 하는 인간의
자재들
아파트에서 나오는
플라스틱이며 수박 껍질이며 기저귀 같은 인간의
흔적들
거기에 키우던 개는

없었다 가끔은 왜 거기에 개를 묻었을까
생각한다 원래는 뒷산이었고 그때는
쓰레기 산이었는데
차에 치여 죽은 개를 안고 오르던 언덕길은
완전히 재개발되었다
키우던 개가 보이지 않아
묻는다
여기는 어디인가 이 근처인가 이쯤이면 되었나
쓰레기로 뒤덮인 뒷산에서 우리 강아지가 무어라
대답한다
옳지 그렇지 대답하는
나의 꼬리가
극심하고 완전하게 흔들린다

축사 듣기

말하기 좋아하는
사람의 말을 멈추기란 어렵다
쉬운 일이 아니다 듣기 좋아하는 사람의 귀를
물어뜯는 것보다 더
국회의원은 국회의원의 말을 한다
협회장은 협회장의 말을 한다
인간은 인간의 말을 한다
죄와 똥이 분수처럼 쏟아져 흥건한 바닥을
말 없는 아르바이트생이 대걸레로 기민하게
훔친다, 우리는 여기서
듣기 좋은 사람이지
바지를 벗는 소리
팬티를 내리는 소리
지역구 국회의원의 말은 멈추지 않고
아까는 서울시의원과 눈이 마주쳤다 그는
질 좋은 종이로 만든 명함을 돌렸다 오돌토돌한 점자를
쓰다듬는다 그의 이름을 알 수 없다
점자가 어디에서 멈추는지 알 수 없다
귓불을 쥔 손가락처럼 축사는 이어지고
인간은 인간의 일을 한다
협회장은 협회장의 일을 한다
국회의원은 국회의원의 일을 한다
적당한 순간에 고개를

괜찮은 시점에 박수를
시의원에게까지 순서가 가진 않을 것이다
바지를 벗고 팬티까지 내린다고 하여도
그가 말하길 좋아한다고 하여도
준비된 모든 축사가 끝나가는데,
마지막으로,
마지막으로,
그리고 또 한 가지는,
귀가 뜯어지고 피가 쏟아진다
국회의원은 다음 일정으로 곧장 떠났고
협회장은 레슬러처럼 바짝 엎드리고
인간은 인간이기를 살짝 멈춘다
축하할 만한 일이
드디어 생겼다

인중

오늘은 어떤 남자의 인중을
개머리판으로
찧고 싶었다
그의 이름을 여기에 쓸 수는
없다 그는 그게 폭동이라 말한다
그런 이름이 많아서
다 쓸 수가 없고 그런 이름의 주동자가
있더라도 사람의 인중을 개머리판으로 찧으면
아니 됨은 당연하다
그러나 그런 생각 정도는 할 수 있지 않나?
피 튀는 영화를 보듯
술자리의 말다툼에 끼듯
쓰레기 같은 농담을 듣듯
그럴듯한 생각이지 않나?
오늘은 그 생각을 인증하려 한다
그의 이름은……
쓸 수가 없다 도저히
폭발할 것 같지만
누군가를 특정하여 모독적인 글을 올리면 처벌될 수
있다 벌을 받는 것이다 벌을 받으면 안 된다는 생각은
당연하다 그러나
남자의 이름을 부르고 그 뒤에
들으면 누구나 오금이 저릴 욕을 뱉고 욕 뒤에

죽여버린다 처참한 협박도 덧붙이고 고통스레
천천히 죽어가길 바란다 서늘한 저주도 중얼거리고
낄낄 웃기도 하고
그러고 싶지 않나? 그러니까 그의
이름은……
오래전에 남의 입술을 주먹으로 쳐서 찢은 적이 있다
내 입으로 약한 사람을 험하고 거칠게 몰아붙인 적 있다
누구나 그러고 살지 않나? 그러하니
제대로 한번

그러지 않기로 한다

그의 이름은
***이다

화

주차 관리하는 아저씨는 화 돋우기 일인자
오늘은 나에게 너는 애비도 없느냐고 물었다
그 말이 사무치게 반가워 나는 머리숱 없는
그의 정수리를 끌어안고 뽀뽀할 뻔했다
그리고 대답하는 것이다 아버지가 없습니다
있는데 없다고 하래요, 아버지는 화를 냈었지
대문 앞에 선 아저씨도 화가 나 있었다 나는
사실만을 말하고 싶었다
그렇게 말하는 거 아니라고 아저씨가 그런다
그러니까요 아저씨 그게 아니라 아까 그것은
그러니까요 아버지 그게 그거고 그때 우리는
주차 관리하는 아저씨는 내 아버지가 아닌데
그의 정수리를 끌어안고 엉엉 울어본다
아버지, 내가 아버지뻘 되는 사람에게
삿대질하고 큰소리 좀 냈습니다,
괜찮다 답해주는 사람 없고
아저씨는 마침 건물주의 차를 빼주러 갔고
화가 난다 있는데 없다고 하라니
아저씨는 인자하게도 아우디 A7
뒤꽁무니에 큰절을 올리고 있었다
저건 딱 우리 아버지네, 삿대질하는
검지가 울컥울컥 움직인다

무등산 수박

여름전국신앙학교에서의 일이었다. 광주에서 충청도로 가는 길에 버스를 세우고 길에서 파는 수박을 여러 개 샀다. 주임신부가 왜 미리 수박을 준비하지 않았느냐고 타박을 한 모양이지. 고등부 몇몇이 수박을 날랐다. 도착하니 몇 개는 깨져 있었는데, 깨진 틈새로 보이는 수박의 살이 영 미심쩍은 것이다. 아니 수박이 왜 이렇지. 설익은 건가, 너무 익은 것인가, 갸우뚱하며 수박을 반으로 갈랐는데 수박이 갈수록 가관이다. 어느 수박은 무참하게 빨갛고 갯벌처럼 흐물거리고 저 수박은 속살이 희푸르고 생무처럼 깡깡하고 하여 이걸 뭐라고 설명해야 하지, 이걸 수박이라 할 수 있나, 신부도 수녀도 세례자 요한 형제도 가브리엘라 자매도 몰라서 쩔쩔매는데, 충청도로 미리 와 있었다는 서울 어느 동네 성당 교리교사가 그런다. 이게 무등산 수박이라 그런지 맛이 참 특별하군요. 다들 맛을 보라고 하니, 광주 사람 아닌 사람들이 무등산 수박을 맛나게 먹는다. 저 표정을 뭐라고 해야 하나, 저 믿음을 무엇이라 이름 붙여야 하나, 기도라도 해야 하나, 뭐라 기도해야 하나, 저 수박을 무등산 수박으로 바꿔달라고? 그사이 신자들은 믿음과 배려로 무등산 수박을 한 입씩 먹고 자기 자리로 돌아갔다. 먹다 남은 수박에 씨앗인지 파리인지 모를 것들이 신앙처럼 들러붙어 있었다.

그릇은 필요 없어

선배는 술에 취하면 술집 그릇을 가방에
넣었다 남은 음식물을 휴지로 훔쳐내고 책과 책 사이에
가지런히 넣었다
절도 있는 절도에
아르바이트생도 못 본 체해주는 듯했다
예의 관습 도덕 법률 전통 같은 거 다 모르겠고
먹는 게 먼저다 아까까지 석화가 담겼던 그릇 위에
아름다운 문장을 써본다
굉장히 멋진 말인데 해석하자면
맛있어 보이네, 배불러 죽겠네, 같은 거
선배는 술이 깰 즈음이면 가방의 그릇을 보고 놀란다
그릇은 중고나라에서 책보다 비싸게 팔렸다
이제 누구도 아름답게 여기지 않아
이제 누구도 불쌍하게 생각지 않아
그릇을 훔친 좀도둑으로 볼 뿐이다
좀이라고 하여 죄가 작은 게 아니라서
무거운 조서를 간단히 쓰며 우리는
국가의 거대한 행정체계에 속해 옴짝달싹
못하고 아까 우리의 찌꺼기를 마저
치우던 어린 학생의 신고로 지구대에 잡혀 와
엊그제 해동된 굴처럼 흐느적거리며
아름다운 문장을 적어본다
굉장히 멋진 말인데 이를테면

잘못했습니다, 앞으로 그러하지 않겠습니다, 같은 거
더이상의
그릇은 필요 없었다
새로이 무엇을 담을지
모르겠어서

선배, 페이스북 좀 그만해요

빠른 육공인 그 또한
파란색을 좋아했을 거라는 확신이 든다
여기저기 말 붙이기도 좋아했을 것이다 묻는 말에
답하는 것일 뿐이지만 그것이 그의 직업이었을
것이고 사람들이 좋아했을
것이다 좋아함을 좋아하는 사람들이
있고 좋은 게 좋은 것이고 알 만한 사람은 아는
것이다 뒤에서 비아냥거리는 일은 누워서 떡 먹기보다
쉽다 질식해 죽을 일도 없고 비틀어진 치열도
상관없지 이를테면 10월 31일이면 어떤 노래가
떠오른다며 서로를 추어올리는 낭만의 대가들, 때때로
광장의 혁명가
저돌적인 자본가
발기부전 환자
집권당의 당원
리버럴 중산층
현대 프랑스철학은 알아도 페미니즘은 잘 모르겠는 사람
평생 종편 뉴스는 안 보지만 포르노는 종종 보는 사람
어느 동네든 맛집을 두루 아는 사람 내장 비만인 사람
뭐든 극단적인 건 싫은 사람 산이 좋은 사람
등산 가서 셀카 찍는 사람 꽃이 좋은 사람
대리운전 기사가 한낮에도 오는지 안 오는지 알기
싫은 건 모르고 모르는 게 약이고 그래서 약을 좋아하는

사람과 그 사람을 좋아하는 사람과 좋아함을 좋아하는 사람
좋은 게 좋고 죽어도 좋아서 우리는 한잔했다
빠른 육공인 그도 페이스북에 글 좀 썼을 것 같다
미안하지만 희망에 대해 말하자면
죽은 사람은 계정을 새로 팔 수 없으며
나는 계정이 있고 살아 있는 한 뭐라도 좋아할 예정인데
선배님이 제 롤모델입니다,
빠른 육공이 시퍼렇게 웃는다
북한산 꼭대기에 그득 찬 미세먼지가
비뚤배뚤한 치아 사이를 비집고 들어와 질식사를 일으킨다
참,
좋았다

로맨스

질투는 드라마에서처럼
누군가를 좋아해서 생기는 감정은 아니다 그것은
제가 저를 너무나 좋아해서 생기는 습기 같은 것이라
해수욕장의 발바닥이다 털어도 털어도 모래가 붙는다
도넛 방석 위에 앉아 불 꺼진 모니터를 바라보면
거기에 진짜 내가 있다 늠름한 표정으로 나는
내가 좋아서 미치겠는 날도 많은데 남은
나를 좋아해 미칠 수는 없겠지 오늘은
동료가 어디 심사를 맡게 되었다고 하고 오늘은
후배가 어디 상을 받게 되었다고 하고 오늘은
친구가 어디 해외에 초청되었다고 하고 오늘은
그 녀석이 저놈이 그딴 새끼가 오늘은
습도가 높구나 불쾌지수가 깊고 푸르고 오늘도
멍청한 바다처럼 출렁이는 뱃살 위의 욕심에
멀미한다 나는
나를 사랑해서 나를 혐오하고 나는
안 그런 사람이 어디 있겠느냐 변명하고 토하고
책상 위에 앉아 내 이름을 검색하고
빌어먹을 동명이인들 같은 직군들 또래들 심사위원들 수상자들 주인공들 나는 내가 좋아서 미치겠는데 남들은 괘이쩍게 평온하고
바다처럼 넓은 마음으로 안 그런 척하는데 나는
나 때문에 괴롭고 나는

나를 어찌해야 할지를 모르겠고
늠름한 표정으로 슬리퍼를 털고 자리를 박차고 일어서
화장실 간다
오줌을 누는데 보이는 건 불룩한 아랫배가 전부
이런 나라도 사랑할 수 있겠니,
대답 대신 쪼르륵
내려가는 소리 들린다
푸르고 깊은 몸 곳곳에 해변의 모래가 들러붙어서
사무실에까지 왔다 질투는
로맨스 같은 구석이 있다 오늘은
예고편에 불과하고 내일은 동료와 친구와 선후배와 옆자리와 뒷자리와 동명이인과 같은 직군과 비슷한 또래와 노인과 젊은이와 이토록 연안에서 깊이 추잡스럽겠지만 극적이게도
바깥은 평온하다, 그것이 나를 더 미치게 하는 줄도 모르고

파고다

그는 대여섯 걸음을 크게 걷더니 외쳤다
여기가 시인의 생가가 분명합니다!
서울시의 족보 없는 도시 계획과 철학 없는 문화 정책으로
지금은 중국어학원 자리가 되어버렸다고 한다
중국어학원은 원래 영어학원이었다
영어 학습은 인터넷 강의로 대체되었고
일부 유지되던 일본어 수업은 최근 폐강되었으며
중국어학원의 수강생도 많지는 않아 보였다
연구에 따르면 시인의 생가는 학원 뒷문에 붙은 골목이라는데, 지긋지긋한 모국어를 떨구지 못한 청년들이 침묵을 유지한 채 담배를 태우는 곳이었다는 추측이 있다
그는 대여섯 걸음을 걸어 원래의 자리로 돌아와 외쳤다
그러니까 여기는 시인의 생가가 아닌 게지요!
직장인 몇이 그의 어깨를 피해 뒷골목으로 향했다
평일 점심시간이었던 것이다
생가라면 어느 날은 국수도 삶고 또 어떤 날은 고기반찬에 흰쌀밥을 먹기도 하고 또한 더 많은 날 기억되지 않을 끼니들이 시인의 생을 뒷받침했겠지, 시인이니까 시를 쓰라고
배가 고플 만도 한데 그는 학원의 뒷문과
모퉁이를 번갈아 걸으며 중국어회화 수업을 방해했다
격동의 현대사를 아랑곳없이 통과하며 시를 쓴 시인처럼
청년들은 주변의 어지러운 환경을 탓하지 않고 묵묵히
외국어를 익힌다 거개 실패하고 일부 성공한다

마치 시인처럼
나도 시인의 생가 자리에 가까이 다가가
그의 말을 좀더 경청했다
성조를 익히는 초급반이 되어
골목의 오래고 속된 주인인 비둘기의 몸짓을
따라 했다 고개를 끄덕거리며
시인의 유지를 쪼아먹었다

휴화산

이제 책상 앞을 떠나려 한다
여기에서 하루 대부분을 보냈다
뺨을 문대고 코를 파고 미간을 꼬집으며 나는
죄수처럼 광인처럼 대학원생처럼 과장이나 대리처럼 아니 대리와 과장을 지나쳐 폭발했던 적은 없고 신경질을 냈던 적은 몇 차례다 하청의 하청일 게 분명한 아비뻘 경비원에게 헬멧도 벗지 못한 퀵서비스 기사에게 피자를 늦게 가져온 배달의 민족 라이더에게 용암처럼
뜨거웠었지 마그마처럼
부글거렸지 명산처럼
가팔랐지 계곡처럼
어두웠지 전원 꺼진 모니터는 아주 시커멓다
얼굴을 비추기에 좋을 만큼 시커멓다
현무암을 뽑아들어
모니터에 냅다 던진다
얼굴이 없어진 몸이
책상 앞을 떠난다
이곳의 과거를 깨닫고
미래를 예감하는 것이다
곧 폭발할 듯 절절 끓지만 또한 국립공원처럼 얌전해 엄청난 폭발이 있더라도 안전하도록 중요한 파일은 어차피 클라우드에 보관되어 있다 책상 앞에는 기실 아무것도, 나는 현재

여기에서 하루 대부분을 보낸다
폭발하기 직전의 하반신이
구멍이 여럿인 바위를
지탱하는 채로

파트장과 성가 부르기

테너 파트장을 하는 선배는 나를
저주했다 너 같은 새끼가 세상에서 가장
재수 없다고 알아? 아냐? 그거 알아?
알 수 없는 질문을 덧붙이고 기우고 옮겨 달면서
채근했다 나는 수탉처럼 울었다 우는지도 모르고
울었다 목소리가 갈라지기 시작했다 파트장 선배는 나더러
성가에 어울리지 않는 목소리라
하였다 너 같은 새끼가 찬송이라니
어림도 없다고 몰라? 그것도 몰라? 여태껏 몰라?
미사 시간 내내 두 손 모아 기도하듯
몸의 구멍들을 찌르며 너 같은 새끼는
너 같은 새끼가 너 같은 새끼야말로
날카로운 기도문 사이
맑고 고운 화음
입을 벙긋거리며 파트장의 지시를 따랐다
신의 목표는 양도 되지 못한 새끼들을 찾아
파트장 같은 양들에게 인도하는 것이라고 그는 말했다
신은 파트장이었다 신은 파트장의 후배들이었다 신은 파트장의 친구들이었다 나는 아니었지만 이제
유일함을 포기함으로써 유일함을 유지하는 유일신이여 원하시는 대로 테너 파트장을 신으로 모십니다 당신이 밝히고자 하는 것을 알 것이며 당신의 숨기고자 하는 것을 모를 것이옵니다 제가 재수에 옴이 붙은 쓰레기임을 알며 당신이

천하의 둘도 없는 무뢰배라는 걸 모를 것입니다

테너 파트장을 하는 선배는 내게

소주 한잔 샀다

마시고 잊어

노래 같은 건

그러나 찬양은 기억해라

그제야 파트장의 등뒤로 성가대의 지휘자가 모습을 드러내기 시작했다 빛에 휩싸여 정확한 실루엣은 보이지 않았으나 그는 어쩌면 양 중의 양이자 유일함의 곁에 붙은 유일한 자일지도 몰랐다. 자연스레 입을 벌려 화음을 맞추기 시작했다 아파트 단지 지하 주차장에 그레고리안 성가가 울려퍼지고

시세가 오르고 있었다

드라마틱

지금으로부터 10년 정도
지난 어느 날을 생각한다
막내는 거의 커서 제 방에서 나오지
않고 나는 나대로 다 늙어서 거실에서 들어가지
않고 아내는 아내대로 사정이 있어서 제 안에
있을까 그런 장면은 옛날 티브이에서 많이
보았다 인생은 참말 드라마 같구나,
격하구나, 극적이구나, 드라마틱하구나,
내게는 큰딸이 있다 큰딸은
드라마로부터 나를 구원해주는 신이다 파고의 변덕으로부터 나를 잡아줄 손이다 타인의 온유한 시선에 놓이길 원하는 마음을 비집고 처단할 칼이다
장애인은 티브이에 잘 나오지 않는다 티브이를 보다 말고
나는 기도하려
손을 모으지만
모은 손으로 칼을 잡기도
한다 신은 종종 물건을 던지는 것으로 의사표현을
한다 손은 여태 똥오줌을 제대로 가리지 못
한다 칼은 뛰면 안 된다 하는데도 자꾸
뛴다 나는
신을 찾고
손을 잡고
칼을 쥔다

드라마는 없다

지금으로부터 10년 정도 지난

어느 날에 나는 드라마로부터 구원되어 큰딸과 손을 잡고 공원을 산책하고 면식 요리를 하며 현관의 신발을 정리할 것이다 딱 10년만큼 늙어서 마지막이 없는 마지막 회를 찍으면 좋겠다 나의 신이여, 당신은

이제 막 곤히 잠들었고, 나는 너의

작디작은 손톱을 살짝 문다

드라마에서 배운 생각들이

어슷하게 잘려나가고 있었다

발문

이야기의 바깥으로

정용준(소설가)

0.

이제 이야기는 절정을 지나 정해진 결말을 향해 흐르고 있다. 과거는 현재를, 현재는 미래를 구성했다. 그래서 그렇게 된 거야. 하지만 늦었어. 어쩔 수 없는 거지. 어쩔 수 없는 것은 어쩔 수 없는 거니까. 후회. 아쉬움. 실망. 체념. 무기력. 그것이 무엇이든 받아들여야만 하는 운명. 억울하니? 그게 삶이란다. 이야기 위를 말없이 걷기만 했던 시인. 돌연 걸음을 멈추고 고개를 들어 하늘을 노려본다. 그리고 말했다.

"이 빌어먹을 이야기는 언제 끝나죠?"[1]

진술대로 움직이지 않겠어. 그 표현은 받아들이지 않을 거야. 있었던 일. 몸과 마음에 흡수된 사건들. 듣고 목격한 것. 오늘과 내일에 영향을 주는 모든 종류의 과거들. 거지같은 그 연대기. 거부하겠어. 연결 고리를 끊고 인과를 비틀 거야. 이야기를 받아내느라 더는 골병들고 싶지 않아. 그는 이야기의 바깥으로 서서히 걸어나갔다. 등뒤로 부끄러움의 바람. 분노의 열기. 타는 냄새. 비명과 고함소리가 들렸다. 눈물과 주름. 저멀리 아득하게 떠오르는 신기루 속에 대못처럼 박힌 차가운 묘석들.

---

1) 「부음 3」에서.

다시 일어나 제 갈 길을 간다.[2)]

1.

고향을 떠났다. 저기에서 여기로 넘어왔다. 그러나 기억은 그곳의 날과 달을 지나간 시간으로 인식하지 않았다. 환영으로 떠올랐고 꿈속으로 들어왔다. 말과 생각, 언어와 시 속에 스민 옛날. 시인은 밤에서 아침으로 넘어가는 희미한 선분 앞에 서서 생각에 잠긴다. 빛 없이 마르고 그늘 속에 상해가는 삶과 사람들. 도처에 일어나는 전쟁. 잿더미 속에 피어나는 연기. 함성과 고함. 우는 자들의 울음소리. 흙먼지로 덮인 더러워진 눈물 자국들. 마음과 감정에 쌓이고 쌓여 입술 바깥으로 질질 흘러나오는 시. 혁명을 일으켜야 해. 못된 놈들. 사람을 억울하게 하는 사람들. 욕하자. 조롱하자. 비난하고 심판하자. 주먹을 움켜쥐고 휘두르자. 혈기와 열기. 눈물과 증기. 분노 그리고 오래오래 슬픔. 때릴 곳이 없다면 거울이라도 때려야 했던 그 시절. 쪼개진 얼굴. 두 갈래로 갈라지는 시간.

죽음으로 쌓아올린 굴껍질 같은[3)] 묘. 둥글게 흙속에 묻힌 컴컴한 기억 앞에 우두커니 앉아 있다. 그렇게 긴 시간. 눈

2) 서효인, 「지축역」, 『여수』(문학과지성사, 2017)에서.
3) 「김치 담그는 노인」에서.

물 없이, 인사 없이, 그저 본다. *왜 무덤에는 얼굴이 없는가. 왜 고향에는 눈 코 입이 없는가. 왜 우리는 없는가.*[4] 고향은 공간일까. 시간일까. 사람일까. 공간이라면 벗어나자. 시간이라면 흘러가자. 사람이라면 절교하면 될 일. 그러나 그렇게 쉽게 벗어날 수 없다. 말처럼 마음대로 되는 건 하나도 없다. 벗어날 수 없기에 벗어나고 싶은 인연과 연연. 숨쉬고 한숨 쉬는 어제와 오늘.

시인의 작은 신이 다가와 물었다.

"아빠. 또 옛날 생각해? 아빠의 아빠. 아빠의 엄마. 아빠의 친구. 아빠가 살던 곳. 보고 싶어? 가고 싶은 거야?"

시인은 말없이 그를 껴안았다. 나를 닮아 한없이 슬픈 나의 신. 설명할 수 없구나. 너무나 많은 할아버지. 있는데 없다고 해야 하는 있음. 그 마음. 그 감정.

'뭐? 아비를 죽이려는 아들/ 그런 지겹고 유치한 이야기냐고?/ 아니다 아버지가 뭐 그리 대단한 것이라고/ 죽이고 말고 할 것이 없다'[5]

입속에서 수도 없이 말하고 또 말해 이제는 메아리가 된

4) 「무안」, 『여수』에서.
5) 「휴가지에서의 아버지」에서.

말. 가늘고 날카로운 활자가 되어 단단한 무엇인가에 새겨지고 있는 시. 있는데 없다고 해야 했던 아버지. 나 아버지가 될 거야. 그러나 그런 아버지는 되지 않겠어. 무엇도 물려받지 않을 거야. 배운 적도, 본 적도 없지만 좋은 아버지가 되기 위해 노력할 거야. 그러나 관습과 습관. 본능과 천성. 결심을 방해하며 막아선다. 웃는데 자꾸 화가 난다. 열기와 연기 속에 비 내리고 눈 내린다. 까맣고 단단한 광물처럼 변해가는 몸과 마음 그리고 시. 시는 시인에게 부탁했다. '진실의 화자가 되어주세요.' 시인은 애를 썼다. 무례한 이에게 정색했고 송곳니와 발톱으로 사는 자들에게 으르렁거렸다. 고개를 돌리지 않고 응시하며 모든 분노를 자기 쪽으로 끌고 와 샤워하듯 끼얹은 한 편의 시. 수치와 부끄러움으로 뒤범벅된 손과 눈동자. 어둠 속에 잠겨 어둡게 투명해지는 책상과 의자. 뜨거운 마그마는 다음날 딱딱한 돌멩이가 되어 식어 있었다. 단어와 문장에 마음이 긁힌 상처가 숯불처럼 붉었다.

집안을 장악한 상어 가족 노래를 들으며/ 아이 방에서 몰래 벽에/ 머리를 찧으며/ 이 불길함을 내쫓는 찰나/ 살아 있다는 자체가 미친 선택임을 확신하지만[6]

죽어야 하는 날들 가운데 살아 있음을 선택합니다. 살아

---

6) 「부음 4」에서.

있다는 것이 부끄럽습니다. 그것에 대해 이렇게 시로 쓰는 게 미안해요. 미쳐 마땅한 세상 속에서 미치지 않는 것을 선택하겠습니다. 비바람을 막아주는 튼튼한 집을 만들고 추위와 더위를 피하기 위해 최선을 다할 생각입니다. 내가 택한 신. 나를 택한 신. 끝까지 서로를 택하도록 끝까지 나는 최선을 다할 것입니다. 세월 흐르고 세상 바뀌고 계절은 지나 흐르는 강물을 따라 여기까지 왔습니다. 어제와 오늘 그리고 내일을 잇는 다리는 무너졌어요. 어느 쪽에도 속하지 못하는 이방인과 손님으로 살아온 날들. 어느새 많아진 이름과 주소들. 이상합니다. 나는 내 이름이 무엇인지 알지 못합니다. 편지를 어디에 보내야 할지 모르겠어요. 내 의자. 내 책상. 내 책. 내 노트. 어디에 있는 걸까요.

2.

나를 닮은 것이 태어나는 날에 나는/ 그녀의 머리맡에 있었다 포도껍질처럼/ 쭈그러진 모습으로 벌레가/ 꼬이듯 지은 죄들이 떠올라 무서워 허공을/ 휘저어보았다/(……)/ 휘젓던 손으로 뺨을 때린다 내 뺨을/ 나를 닮은 것들은 나를 닮아 슬프다[7]

이 밤. 신은 신의 얼굴로 잠들었다. 나는 그 앞에서 경건하

---

7) 「버건디」에서.

게 무릎 꿇고 손을 모아본다. 오늘 같은 어제. 실상 같은 허상. 허구를 닮은 현실. 삶의 바깥의 시. 시의 바깥의 삶. 신이 태어나던 날. 신의 뜻대로 살기로 했다. 신이 머물 처소를 마련하고 그 집을 지켰다. 모두 잠들어도 쉽게 잠들지 못했다. 바깥에서 들리는 울음소리가 누구의 것인지, 무엇 때문인지, 알 수 없었다. 신을 키우고 기르고 씻기고 먹였다. 이 삶을 지키고 유지하기로 결심했다. 스스로에게도 부탁했다. 하지만 약하고 겁이 많은 나는 내가 보호하는 신에게 기도해야 했다. 아무 말씀도 없이 오늘도 신은 평온한 잠.

이야기는 강한 신을 좋아한다. 이야기 속 신은 전능자, 무법자, 마술사, 마법사다. 악해도 위대하고 이해할 수 없어도 받아들이라 한다. 하지만 내가 섬기는 신은 다르다. 나는 약한 신을 보살피는 사제. 신이 영원히 나의 신이 되도록 먹여 살리고 보살피며 보호할 것이다. 문득 덧없다. 때론 화난다. 종종 회의감. 한숨을 내쉬며 고개를 돌리면 창밖으로 보이는 컴컴한 구름. 과거와 옛날을 향해 흐르는 시와 바람. 그러나 이 믿음 없앨 수 없다. 사라지지 않는다. 파괴할 수도, 파괴되지도, 않는다. 품속에 곤히 잠든 신을 바라보며 나는 손을 모아 기도한다.

"파고의 변덕으로부터, 드라마로부터 나를 구하소서"[8]

---

8) 「드라마틱」에서 변형.

지은 죄들이 떠오르는 밤이다. 달콤한 밥냄새로 어지러운 아침이다. '네 죄가 무엇이냐?' 물으신다면 이렇게 답하겠습니다. '신을 낳고 그 신을 키웠습니다. 신을 믿습니다. 신을 사랑합니다. 어째서인지 더 비굴해지고 더 약아빠지고 더 악해지는 것만 같습니다.' 그러나 믿음 속에 회의가 스몄고 감은 눈 속에 불꽃이 일었다. 시와 찬미가 흘러나와야 할 입술에 냉소가 걸렸고 기도하는 두 손을 펴고 때때로 칼을 쥐고 돌을 들었다. 어떤 피조물이 신을 보살피나. 어떤 신이 이토록 약하단 말인가. 그러나 이 기도 멈출 수 없다. 나약한 신을 사랑하는 것을 그만둘 수 없다. 포기할 수도 포기되지도 않는다. 이 마음으로 물위를 걸어야지. 이 마음으로 문밖을 나서야지. 이 마음으로 기차를 타고 배를 탈 것이다. 믿기 위해 믿고 기도하기 위해 기도할 것이다. 그래. 그래.

'내가 좋은 아빠다 죽지 않는 아빠다'[9]

신은 무엇입니까? 시입니다. 시는 무엇입니까? 신입니다. 시 바깥으로 걸어나간 곳도 시. 등뒤로 두고 걸으면 어느새 눈앞에 나타나는 나의 신. 그러나 나는. 그래서 나는. 계속 걸었다. 그후로 어느 곳에서도 씩씩하게 살았다. 어디서든, 그것이 무엇이든, 눌리지 않고 피하지 않았다. 하지

9) 「서른 몇번째 아이스크림」에서.

만 어느 곳에서도 스스로를 고정시키기를 주저했고 고정되는 것을 두려워했다. 나를 부르는 어떤 호칭에도 익숙해지지 않았다. 생활을 가꾸었으나 늘 틈새를 바라봤고 안락함 속에서도 창밖으로 보이는 고요한 싸움과 폐허에서 눈을 떼지 못했다. 삶에 헌신했으나 시를 써야 한다는 의식이 밤과 잠과 꿈을 어지럽혔다.

이기를 위해 사는 삶. 내 신을 위해 사는 삶. 시를 쓰고 시를 위해 사는 삶. 결국 다 이기적이고 비겁한 일 아닐까? 삶을 움켜쥔다는 건 많은 이들을 손에서 놓아야 한다는 변명 아닐지. 왜 손은 두 개밖에 없나. 하루를 마감하는 깨끗한 빈 손. 왜 떨리는지. 왜 저리는지.

3.

무서워 벌벌 떨었다 중력은 죄를/ 사할 마음이 없어 무엇이든 끌어당길/ 것이다 기억까지도 망각까지도 밑으로 땅으로[10]

돌풍 속에 서서 중심을 바라봤다. 무게도 형상도 없는데 무엇이 이토록 강하게 끌어당기고 있는 걸까. 제자리를 지키려는 이들은 중심을 향해 조금씩 휘어져 있다. 얼굴도.

---

10) 「수도권은 돌풍주의보」에서.

팔과 다리도. 시계와 시간, 크고 작은 동네와 사거리 삼거리까지. 기록도 휘고, 기억도 휘고, 사람과 사람들, 공동체와 국가와 제국까지 모두 휘고, 주먹을 쥔 손가락까지 서서히 구부려지는 보이지 않는 어떤 힘. 빛과 그늘과 소리, 비와 눈, 삶과 죽음, 일기와 편지, 책과 그림까지 맥없이 꺾여가는 흐름 속에서 무엇인가 반짝인다. 바람을 거슬러 여기까지 도달한 작고 둥근 빛방울 하나. 시인은 고개를 저으며 중얼거렸다.

'반중력은 불가능해. 허무맹랑한 이야기 속에서나 가능한 희망사항일 뿐이지.'

그러나 서서히 기어올라오는 저것을 허구라고 할 수는 없었다. 본 것을 못 봤다고 말할 수 없었다. 누구에게나 그런 신비 하나쯤은 있지. 이성과 합리로 설명될 수 없는, 나 아닌 누군가에게는 차마 말할 수 없는, 이상하고 괴상한 진실. 그러나 믿어야 한다. 그 망상과 환상이 세상의 어떤 법칙과 약속보다 정직하게 나를 보호한다는 것을.

나는 이야기의 인물이 아니다. 돌과 나무가 아니다. 종이에 그려진 그림이 아니다. 본능의 법칙으로 태어나 그렇게 당연히 죽어가야 하는 생물이 아니다. 눈과 귀로만 사는 자가 아니다. 말하는 입술과 전하는 손, 앞으로 나아가고 때론 이 자리에서 우뚝 멈출 줄 아는 발을 가진 사람이다.

조소와 냉소. 위악과 위선. 자조와 해학. 모두 몸부림이었다. 텅 빈 공허감에 익숙해지면서 절대로 익숙해지지 않으려고 발버둥쳐야 했다. 한탄스러운 마음이 물결치고 파도쳐도 결코 누구를 탓하거나 핑계대지 않았던 건 끌어당기는 그것이 시라는 것을 알고 있었기 때문. 중심이 비어 공허한 거기에 아무 무게도 없는 문장이 가득 적혀 있다는 것을 알기 때문. 내가 썼다는 것을, 내가 쓴 것이라는 것을, 내가 알고 있기 때문. 지금 이 순간에도 벽에 머리를 찧으며 모순을 이겨내는 일상의 한 시절처럼 시가 나를, 내가 시를, 적고 있다는 것을 알고 있기 때문.

있는 것을 없다고 말할 수 없다. 말하지 않겠다. 못 본 척할 수 있지만 못 본 척 살 수는 없다. 살지 않겠다. 시는 시인에게 무엇이든 끌어당기는 중심이었다. 그 끝에 매달린 많은 것들. 붉게 물든 열매들. 부서진 조각들. 피와 눈물들. 찢어진 편지. 썼다 지운 글자들. 비밀과 속죄. 시를 말하고 시를 쓰는 모두의 원죄. 그러나 읽고 쓰는 자에게는 영광이 있으리. 당기는 대로 당겨진다면 땅을 향해 곤두박질칠 거야. 어리석은 자가 아니라면 벗어나야 해. 현명하다면 이 돌풍 밖으로 걸어나가야 해. 비켜서야 해. 이러다 곧 깨지고 부서질 테니까. 끝내 가루가 되어 소멸할 테니까. 그러나 죽을 때까지. 죽어도. 이미 죽었다 할지라도. 한 줄의 문장. 한

권의 책으로 남는다 할지라도.

대답하는 사람 하나가 돌풍 속으로/ 낙하한다[11]

이야기를 벗어난 인물의 이야기는 누가 써야 하는 걸까. 작가의 손에서 벗어난 인물을 인물이라고 할 수 있을까. 이야기를 벗어난 인물이 멈추지 않는다면 아직 끝나지 않은 이야기. 절정이 없고 반전이 없고 복선과 위기를 책임지고 해결하는 인과도 없는 '시'라는 이야기. '시인'이라는 영원한 화자.

P.S.

너는 스탠드에 홀로 앉은 이가 있다면 곁에 앉아 말을 걸어주는 사람이었지. 누군가 누군가를 이유 없이 놀리고 괴롭히면 그 사이에 서서 이쪽과 저쪽을 번갈아 쳐다보며 말을 섞고 웃음을 섞고 설명을 하고 해명을 하는 사람이었지. 특유의 바보 같은 그 얼굴로 이상하게 웃는 사람이었지. 어떤 이는 그걸 오해해 정말 바보라고 생각했을지도 몰라. 하지만 어떤 이는 그 덕에 바보 취급을 받지 않고 그날 울지 않을 수 있었어. 나는 그걸 몇 번이고 봤고, 몇 번이고 들었으며, 지금도 네가 어딘가에서 그렇게 살고 있을 거라고 믿어.

---

11) 같은 시에서.

무안에 갔지. 그날은 추석이었고 세상엔 전염병이 돌았어. 사람을 초대할 수 없는 기이한 장례식. 소식만 전하고 만남은 약속할 수 없는 슬픈 초대장. 나는 소풍하듯 너를 만나러 갔지. 세상에, 얼마나 날씨가 좋던지. 그런 날 누군가 죽고, 누군가 빈소를 지키고, 누군가 슬픔을 참아야 한다는 것을 믿을 수가 없었어. 너는 거기 있었지. 이상한 양복을 입고 혼자 우두커니 앉아 있었어. 복도에는 너를 사랑하는 이들이 보낸 수많은 조화들이 나무처럼 서 있었어. 거기엔 내가 사랑하는 이름도 있었지. 반가워서 그 이름을 소리 내어 읽어봤어. 너와 마주앉아 이런 이야기 저런 이야기 했지. 그 순간 나는 알겠더라. 내가 너에 대해 얼마나 모르는지. 잠깐이었지만 너무 많은 서사가 떠올라서 깜짝 놀랐어. 상상하는 것을 막아야 했어. 떠오르는 걸 금지해야만 했어. 너는 나에게 이야기가 아니길 바랐으니까. 악수하고 우리는 헤어졌어. 손을 흔드는 너를 그곳에 두고 집으로 돌아오면서 네가 썼던 시들을 생각했어. 시 속에 등장하는 많은 어른들과 무수한 장례식들. 무덤 앞에서 너와 너의 표정과 말과 삼킨 말들. 끝내 끝끝내 단어와 문장이 되어 시가 되어 종이에 적힌 것들. 떠오르는 대로 읽고 기억나는 대로 읽었어. 기이한 암송이었지. 슬픈 낭독이었어. 이상한 일기와 편지였어. 그런 읽기는 처음이었지만 아름다웠단다. 그 순간 나는 이상한 다짐을 했어.

'네가 무슨 말을 하든, 무슨 일을 하든, 나는 네 편이 될 거야. 네가 있는 곳에 갈 거야.'

시인아. 친구야. 평생 시를 쓰고 책을 만들겠다 다짐한 사람아. 너의 아침과 저녁, 꿈과 의식과 무의식이 건강하기를 기도한다. 기도하는 자들은 하루 끝에 하얀 몸과 투명한 마음으로 잠드는데 쓰는 자들은 어찌하여 이렇게 붉게 물들고 까맣게 타들어가는 걸까. 시를 쓰면서 왜 시를 쓰고 싶어하는 걸까. 이미 시면서 왜 시가 되고 싶어하는 걸까. 그러나 나는 알아. 시가 되기 위해 애를 쓰는 시가 시고 그 시를 붙잡고 애를 쓰는 자가 시인이라는 것을.

시 쓰기 전 여백에 쓰인 문장들. 그 위에 그어진 몇 개의 취소 선들. 붉은 낙서와 푸른 메모. 말줄임표에 욱여넣은 수많은 머뭇거림들. 그 감정. 그 감각. 그 마음. 나는 모르지만, 아무도 모르지만, 네 시는 알겠지. 시인인 너는 알겠지. 세상의 신은 너를 잊었고 너의 신은 너의 죄를 모른단다. 우리가 기도해야 하는 이유는 죄를 씻기 위해서가 아닌 죄를 이기기 위해서야. '무너졌습니다. 용서해주세요'가 아닌 '무너졌지만 일어서게 해주세요'라고 기도하자. 눈물을 흘린 자만이 피눈물을 흘리지 않는 것을 부끄러워하는 법이니까. 너는 내가 만난 최초의 시인이었고 어쩌면 내가 마지막으로 만나게 될 시인도 네가 될지 몰라. 아무도 없는 밤과 아무도 없는 방. 생활의 소음과 사람들의 말들로 가득한 어느 곳. 때로는 침묵과 때로는 천둥과 번개. 그 안에서 혹은 바깥에서 멈추지 말고 써줘. 멈추지 않고 읽을 테니.

서효인 2006년 『시인세계』로 등단했다. 시집으로 『소년 파르티잔 행동 지침』 『백 년 동안의 세계대전』 『여수』가 있다. 김수영문학상, 천상병시문학상, 대산문학상을 수상했다. '작란(作亂)' 동인이다.

문학동네시인선 171
나는 나를 사랑해서 나를 혐오하고

1판 1쇄 2022년 6월 10일
1판 5쇄 2023년 7월 5일

지은이 | 서효인
책임편집 | 김영수
편집 | 강윤정
디자인 | 수류산방(樹流山房) 본문 디자인 | 유현아
저작권 | 박지영 형소진 최은진 서연주 오서영
마케팅 | 정민호 한민아 이민경 안남영 김수현 왕지경 황승현 김혜원 김하연
브랜딩 | 함유지 함근아 박민재 김희숙 고보미 정승민 배진성
제작 | 강신은 김동욱 이순호
제작처 | 영신사

펴낸곳 | (주)문학동네
펴낸이 | 김소영
출판등록 | 1993년 10월 22일 제2003-000045호
주소 | 10881 경기도 파주시 회동길 210
전자우편 | editor@munhak.com
대표전화 | 031) 955-8888 팩스 | 031) 955-8855
문의전화 | 031) 955-3576(마케팅), 031) 955-2679(편집)
문학동네카페 | http://cafe.naver.com/mhdn
인스타그램 | @munhakdongne 트위터 | @munhakdongne
북클럽문학동네 | http://bookclubmunhak.com

ISBN 978-89-546-8698-3 03810

잘못된 책은 구입하신 서점에서 교환해드립니다.
기타 교환 문의: 031) 955-2661, 3580

www.munhak.com

문학동네